LE

CARILLON

PATRIOTIQUE.

LE

CARILLON

PATRIOTIQUE,

AUX

ÉLECTEURS DE FRANCE.

LIBERTÉ,
ORDRE PUBLIC

IMPRIMERIE DE LACRAMPE, PASSAGE DU CAIRE,
Nº 128.

PARIS. — 1830.

NOTE DE L'ÉDITEUR.

Cet opuscule où respirent la haine du fanatisme et l'ardent amour de la liberté, a été composé quelques jours avant les dernières élections. Les vérités qu'il renferme sont incontestables, et on ne peut s'empêcher d'y reconnaitre les sentimens qui ont présidé aux glorieux événemens des 26, 27, 28 et 29 juillet dernier, et il semble, en effet, que l'auteur les ait prédits, conseillés et conduits.

Il est impossible de faire avec plus de clarté, d'ordre, de précision, d'énergie et de noblesse, le tableau de la chûte du grand Empire, de rappeler à la mémoire des Français avec plus de verve les suites de cette catastrophe sanglante, et l'irruption des débris de Coblentz, s'avançant au milieu des charrois ennemis, et s'abattant, après la bataille de Waterloo, comme des vautours sur leur patrie morcelée et livrée depuis la restauration des Bourbons au triple joug des étrangers, de l'autel et de la caste nobiliaire.

Que cette voix terrible, sortant du champ lugubre du Mont Saint-Jean, est imposante ! comme elle peint vivement la grandeur des pensées du poète patriote qui s'indigne de l'état d'humiliation dans lequel un pouvoir mesquin, jaloux et tracassier, a laissé les glorieux restes d'une armée qui avait vaincu l'Europe.

Avec quelle force de langage il fait remarquer les préférences injurieuses données par l'absolutisme, aux terroristes de 93 et aux caméléons de l'Empire, sur le mérite modeste réduit à l'indigence, qui n'a de zèle et de dévoûment que pour la chose publique. Quelle ombre au tableau que celle de Marat, retournant son bonnet rouge et obtenant les faveurs de la congrégation, tandis que nos vieux guerriers étaient renvoyés aux carrières et repoussés avec dédain par la dynastie déchue.

Quelle apostrophe aux hommes du lendemain, faciles à reconnaître aux traits du pinceau ! on ne peut s'y méprendre; leurs caractères sont tracés de main de maître, il les marque au fer chaud. Ici, ce sont les frélons bien connus qui se jettent sur le miel des abeilles et s'en emparent, ainsi que font aujourd'hui les Bertrands accourus du fond de la province, pillant les marrons tirés du feu par les ratons de Paris, auxquels on escamote le prix de la victoire pour le donner à ceux qui délibéraient pendant qu'on se battait; ou, qui pêchaient à la ligne, à Quimper-Corentin, lorsqu'on mitraillait le peuple à la Grève, au Louvre et sur les boulevarts. Là, c'est l'assassinat juridique de Ney, consommé en mépris des traités, les meurtres de Brune et de Ramel; Plus loin, les Verdets et les Missionnaires épouvantant la France de leurs cris incendiaires, dont l'impunité a outragé la morale et les lois.

Oui, il y avait du courage à fronder ainsi en face cette espèce d'hommes dévoués à la servilité, dont Paris vient de faire une si éclatante justice. Ils étaient alors au pouvoir, et l'on sait comment les parquets monarchiques en usaient envers les écrivains qui se permettaient la liberté grande de dévoiler l'ambition sacerdotale et la cupidité des ventrus de l'époque.

Engager les électeurs de France à n'envoyer à la Chambre que des hommes purs et désintéressés, des constitutionnels distingués par leur probité politique, était aux yeux de la faction tombée avec fracas, aux applaudissemens de toute la France, une tentative de sédition pendable. De zélés substituts et de braves gazettiers, comme il y en avait tant, n'eussent pas manqué de provoquer des condamnations contre l'auteur, si son ouvrage eût paru. La presse s'est refusée à lui donner de la publicité, parce qu'elle craignait alors de s'exposer à des poursuites.

Il faut donc tenir compte à chacun de ses œuvres et de ses intentions en faveur de la cause qui vient de triompher.

Sous ce rapport, l'auteur de cette production, qui a joint l'exemple au conseil, et payé de sa personne dans les glorieuses journées de juillet, où il s'est montré soldat citoyen, a quelque droit à l'estime publique, et on ne lui refusera pas, sans doute, cette précieuse faveur à laquelle il attache le plus grand prix.

MORLÉS.

A MONSIEUR LE MARÉCHAL
COMTE GÉRARD,
MINISTRE DE LA GUERRE.

Permettez que ma muse, au retour du bel âge (1),
De l'un de ses essais ose vous faire hommage.
   Ce ne sont pas des vers longuement médités,
De rose répandant une odeur ravissante,
Que j'expose au grand jour, et que je vous présente.
A de telles fadeurs mes goûts sont peu portés.
   Au noble Maréchal dont la France s'honore
Il faut d'autre parfum que l'essence de fleurs,
Et le patriotisme aux vivaces couleurs,
A pour lui plus d'attraits que les bouquets de Flore.
   Les genres ne sont pas tous encore épuisés ;
Dans la littérature ainsi que dans la guerre
Il reste des sentiers qui ne sont pas usés,
Où l'homme entreprenant trouvera son affaire.
   Le génie a prouvé qu'il est de tous les temps ;
Et malgré les efforts de la crasse ignorance,
Pour le vilipender et l'expulser de France,
Sa lumière a paru dans presque tous les rangs.
   Qui pourrait en citer où sa vive étincelle

(1) Le règne de Philippe Iᵉʳ.

N'eût brillé d'un éclat aussi pur qu'étonnant !
Vous la voyez agir dans cet adolescent
Qui va ceindre son front d'une palme immortelle.

Le besoin de la gloire a conduit son grand cœur;
Il se ressouvenait des leçons de l'école,
Et moderne d'Assas, soupirant pour l'honneur,
Il grave sur la Seine un autre pont d'Arcole.

Je m'arrête... quoi donc agite ce papier !...
Devais-je être témoin, ô ciel ! de cet outrage...
L'on prodigue aux Bertrands les fleurons du courage,
Quand Bayard vainement tend son casque guerrier.

Vous appartenait-il le prix de la victoire !
Vous qui dormiez en paix à Quimper-Corentin,
Lorsque la Renommée, un beau jour au matin,
Y redit de Paris les périls et la gloire.

Ah! par pudeur au moins, attendez que les preux,
Dont le sang a rougi le pavé de la Grève,
Soient placés à leurs rangs, ou que leur sort s'achève;
Pour venir vous pousser et marcher devant eux.

Illustre Maréchal, comblez mon espérance;
Mon nom n'a pas été jusqu'ici sans éclat :
J'ai combattu vingt ans pour l'honneur et l'État.
Les servir de nouveau serait ma récompense.

LE
CARILLON PATRIOTIQUE.

AUX ÉLECTEURS DE FRANCE.

Lorsqu'après un long tems de triomphe et de gloire,
La France à ses drapeaux vit faillir la victoire;
Quand l'ennemi vainqueur, les regards irrités,
De l'est à l'occident assiégeait nos cités,
Et que de toutes parts ses hordes mercenaires,
Sans nulle résistance occupaient nos frontières;
La France subjuguée, alors frappée à mort,
Du faible qui succombe devait subir le sort.
Elle a dû supporter la morsure cruelle
Des tigres de Coblentz précipités sur elle;
Comme un lion malade endurer les affronts
Des baudets accourus de la plaine et des monts,
Au formidable bruit de mille caronnades,
Qui livrèrent ses flancs à leurs lâches ruades.
Alors ce n'était pas un complet déshonneur
De recevoir les coups des ânes en fureur,
Et de se résigner aux plus sanglans outrages.
De la vie à la mort tels sont les durs passages.
Il fallait accepter, de force et malgré tous,
Les fers que Metternich préparait contre nous,
Fers qui furent cent fois rompus par les mains fières
De nos vieux défenseurs renvoyés aux carrières.
Mais ce qu'on a souffert d'un insolent vainqueur,
Peut-il se supporter quand on sent sa vigueur,

Lorsque l'on a repris une force nouvelle,
Et qu'on doit redouter une honte éternelle ?
    Dans les sacrés écrits l'exemple de Samson,
Sous d'indignes ciseaux tombé par trahison,
Indique aux cœurs bien nés ce qu'il leur reste à faire.....
L'Hercule Hébreux brisa l'enveloppe grossière
Qui gênait l'action de ses robustes bras,
Et sur les Philistins fit rouler le trépas.
    Qui peut nous empêcher de suivre cet exemple
Admiré d'Israël, et que Sion contemple
Comme un de ces beaux faits qui dilatent le cœur,
Et lui font préférer la mort au déshonneur !
    Des congrès ambulans la monarchique forge
Ne coule plus le fer tenu sur notre gorge;
Ce fer n'est plus à craindre, et ses côtés tranchans
Sont émoussés. atteints par la rouille du tems.
    Des Philistins français serait-ce la furie,
Ou les cris insensés de cette coterie
Sans talens, sans honneur, sans probité ni foi,
Qui vous inspireraient maintenant de l'effroi ?
    Seraient-ce un Benaben, un Dudon, un Madrolle,
Un Marcellus qui rampe au pied du capitole,
Mayrinchac, Pardessus, Guernon (le Fabricien)
Qui fit des vers auxquels personne n'entend rien,
Kerauflec, Peyronnet, de Bonald, Laboulaye,
Capelle, de Pina, Pineaud, Labourdonnaye,
Qui-Cottu, Frénilly, l'Avocat Henrion,
Le Gascon Marcassus, Berrier, Carion,
Genoude et son fusil qu'amorce la Gazette,
Martainville et Jozon, embouchant la trompette
Que Josué laissa tomber sous Jéricho;
Trompette qui n'a plus ni de son, ni d'écho,

Et dont ces charlatans enflammés de colère,
Tentent de se servir pour effrayer la terre.

Ce serait reconnaître en vous peu de grandeur
Que de vous supposer susceptibles de peur,
En face des joueurs de fantasmagorie
Et des caméléons qui n'ont plus de patrie.

Que peuvent contre vous leurs frénétiques bruits,
Leurs soleils d'artifice à la cour introduits,
Parce que vous usez de vos légales armes.
Méprisez leurs clameurs et leurs fausses alarmes;
C'est le mugissement de ces feux souterrains
Dont la fureur se perd dans des antres lointains,
Et qui ne font trembler que des ames vulgaires.
Vous ne voulez plus d'eux pour faire vos affaires;
Delà ces cris de rage et ces trépignemens
De ce frêle parti, reste obscur des trois cens,
Dont la France abusée et l'urne électorale
Vont à jamais flétrir la marche déloyale.

Est-ce, en effet, loyal que des hommes perclus
Sollicitent l'honneur d'être par vous élus,
Pour aller exposer au Roi nos doléances;
L'excès de nos malheurs, nos maux et nos souffrances;
Eux qui seuls en sont cause, et seuls ont profité
Des attentats commis sur notre liberté ?

Un essaim bourdonnant voilé de sombres crèpes,
Parle-t-il à son roi par l'organe des guêpes,
Et le frélon ventru peut-il bien sur sa foi,
Des travaux de la ruche entretenir le roi ?

Un ordre si nouveau serait contre nature;
La raison en frémit, le bon sens en murmure,
Et l'on sait que l'abeille à l'aspect du frélon,
Sonnant la charge, aurait perdu son aiguillon,

Plutôt que de souffrir qui le vil parasite,
Près de son roi chéri vînt établir son gîte,
Lui servît d'interprète et vécût aux dépens
De l'essaim dont l'essor est respecté des vents.

Du grand rucher français vous êtes les abeilles,
Le trésor de l'État se remplit par vos veilles,
Et la cire qui brûle au palais de nos rois
S'épure et s'embellit sous vos habiles doigts ;
Les bras de vos enfans, appelés par la France,
Pour conserver sa gloire et prendre sa défense,
Sont les seuls bras auxquels elle doit son salut.

Vos enfans sont-ils faits pour être le rebut
De cette faction dont l'impudeur extrême
Exerce insolemment les droits du diadème ?
Qui de la royauté s'applique les faveurs,
Garde pour vous le mal, pour elle les honneurs,
Vous traite de *vilains*, et de vous osé encore
Espérer de tenir cette verge sonore,
Ce fouet pliant, pareil au knout ensanglanté,
Dont il veut vous frapper avec légalité.

Sur les plans du parti que la France redoute,
L'homme éclairé ne forme et n'a plus aucun doute ;
Ces plans sont avérés, ils vous sont découverts,
» *La prison, les cachots, l'échafaud et les fers,*
» *La mort !!! la mort !!!* tels sont les cris de cette ligue,
Qui n'a pour tout esprit que l'audace et l'intrigue,
Et qui va recruter ses fougueux adhérens,
Dans des parquets obscurs et le fond des couvens.

Il fait plus : il les cherche en sa fureur bisarre,
Dans ce que le royaume a d'abject et d'ignare.

Tout sujet immoral, s'il a du dévoûment,
De la bassesse, est sûr d'un prompt avancement;
Et pour peu qu'il aboie ou qu'il ait l'œil sinistre,
Il peut compter qu'un jour il deviendra ministre.
   Oui, je le dis sans crainte, (et c'est la vérité,
Dût-elle dans les fers me jeter, arrêté.)
   Si, sortant de sa tombe, armé par la vengeance,
Marat reparaissait sur le sol de la France.
Si, semblable à Protée et Tartuffe nouveau,
Au lieu d'un bonnet rouge il portait un chapeau,
Et changeant tout-à-coup de rôle et de système,
Contre une auguste Charte il lançait l'anathème,
Ou, si les yeux vairons, pleins d'hypocrites pleurs,
Et fatiguant le ciel de ses fausses terreurs,
Il jurait de remplir, en faveur des sectaires,
L'exécrable tracé de ses plans sanguinaires,
Et qu'à côté de lui se présente un soldat,
Revendiquant sa part des emplois de l'État,
Pour prix de ses travaux voués à la patrie;
Oui ! le hideux Marat, type de barbarie,
L'exalté démagogue au guerrier non titré,
Serait par nos dévots pour l'emploi préféré.
Oui ! le tribun cynique aux trois cens mille têtes,
Dont les crânes devaient orner d'horribles fêtes;
Monstre tonnant jadis contre la royauté;
Qui voulait dans le sang noyer la liberté,
Et déclinait ses vœux pour voir à ses fenêtres
Tous les rois accrochés par les boyaux des prêtres,
(Pourvu qu'il eût paru devant un bénitier,
Fait amende burlesque aux pieds d'un aumônier.)
Sur l'homme vertueux en butte à l'indigence,
Près de nos *Trissotins* aurait la préséance.

Chacun d'eux, au besoin de nouveau converti,
Aurait une réserve, un budjet consenti :
L'or, l'argent, les cordons et les graces de Rome,
De tous côtés viendraient pleuvoir sur le saint-homme,
Et, peut être, (qui sait,) si, pour ces vieux méfaits,
Il ne serait pas mis au nombre des préfets,
Ou que plus haut encore on ne le fît paraître...
A l'hôtel du Dieu Mars, ne voit-on pas le traître,
Qui, vers le camp Anglais, précipitant ses pas,
A livré nos guerriers aux foudres du trépas.

En tous lieux les fauteurs de projets patricides,
Nos mortels ennemis nous sont donnés pour guides.
Les plus sinistres noms, les contempteurs des lois,
Sont ceux que l'on appelle à défendre nos droits,
A veiller aux maintien du pieux édifice
Qu'un roi législateur, fermant le précipice,
Creusé par vingt-cinq ans de révolution,
L'olivier à la main rapporta d'Albion.

Vous les connaissez tous, ces verdets mercenaires,
Toujours prêts à se vendre à des cours étrangères,
A voter pour la Suisse un dégradant tribut,
Dont personne n'ignore et la cause et le but.

Quel est donc leur mérite?— Ils ont de l'insolence!
Le sang d'un maréchal signale leur vaillance,
Et celui de Ramel, répandu sur leurs cris,
Nomme les assassins du Carré Saint-Denis.

Mais qu'ont-ils donc, enfin, pour qu'à vos yeux sans cesse,
On étale leurs noms ? — Ce qu'ils ont ! — La souplesse,
Un excès d'amour-propre et de fatuité,
Une haine du peuple et de la liberté !

Ici, c'est un marchand d'anis et de briquette,
Que, pour avoir un jour jeté bas sa jaquette,

(De laquelle il était naguère revêtu,)
Et singé d'un Bellart la vénale vertu,
Par la férocité d'un lourd requisitoire,
Une tête au poignet, l'on exalte au prétoire.

    Là, c'est un fanfaron qu'un héros autrefois
Arracha par clémence à la rigueur des lois,
Qui vient nous implanter la morgue olygarchique
Des fastueux Dandys du sénat Britannique.
Il ira vers son but avec rapidité,
Si par vous, dans sa course, il n'est pas arrêté;
S'il n'est mis, par vos soins, dans l'heureuse impuissance,
Au char de Wellington de garotter la France....
Et peut-il faire moins, sans paraître un ingrat,
A celui qui le mit au timon de l'État.

    Wellington !!! A ce nom quelle française veine,
N'éprouve pas soudain le transport de la haine,
Ne sente bouillonner son héroïque sang,
Et n'aspire à détruire un punique ascendant !
Qui de nous peut avoir oublié la furie
D'un ennemi sans foi, rué sur la patrie !
Le meurtrier de Ney, l'arrogant général,
Qui laissa sur un Pair siffler le plomb fatal.
Qu'il garde ses présens, ce n'est pas notre affaire
De recevoir des dons de la vieille Angleterre (1);
Sommes-nous ramenés aux temps des favoris,
Aux règnes des jupons dont rougissait Paris?

    Ce que la France veut, c'est de briser l'entrave
Qui la rend d'un clergé le jouet et l'esclave,
De remonter au rang d'où d'inhabiles mains
L'ont fait descendre un jour, en dépit des humains.

(1) Timeo Danaos.....

Électeurs, près de vous, voyez ce qui se passe,
Voyez si vous devez fléchir devant l'audace
Et le stupide orgueil du parti criminel,
Qui vous ronge en faisant du trône et de l'autel.
Il a depuis quinze ans gaspillé vos richesses,
S'octroyant sans pudeur de nombreuses largesses.
Il s'est insolemment, et sans honte, voté
Un énorme milliard de francs d'indemnité :
Par des captations et des fraudes grossières,
Il a, contre la loi, doté des jésuitières.
Il vous a pressurés, tondus comme un troupeau,
Auquel un maître dur n'a laissé que la peau.
Vous n'aurez plus bientôt que les forêts prochaines,
Pour aller dévorer vos malheurs et vos peines,
Ou l'honneur de venir, en sujets repentans,
Tendre une main soumise aux portes des couvens.
    Ce n'est pas une erreur de mon âme attristée,
Qui dirige et conduit ma plume épouvantée
Du pitoyable état où nous sommes réduits ;
Hélas ! je suis certain de tout ce que je dis.
    Les travaux suspendus ont produit la misère,
Le commerce appauvri n'engraisse plus la terre ;
Le crédit est tué : la gêne et l'embarras
Partout se font sentir. La peste des États,
Le fanatisme ardent, avec ses chants funèbres,
Cherche à nous rejeter au milieu des ténèbres.
Lui seul a prospéré, depuis que l'étranger
Sous l'autel d'Escobar est venu nous plonger,
Et l'on peut soutenir, quoi qu'un prélat en dise,
Que le pactole coule aujourd'hui dans l'église.
    De ce fleuve pourtant les fécondantes eaux,
Qui font fleurir l'autel, la bourse et les châteaux,

Et dont la fraîcheur manque au sommet des montagnes,
Ne devraient-elles pas arroser nos campagnes,
Atteindre les hameaux, tomber dans les vallons,
Et tremper de ses sucs nos prés et nos sillons ?
    Ainsi du corps humain le principe de vie,
Le sang, en circulant, nourrit chaque partie,
Et fait mouvoir le tout sans peine et sans effort ;
Qu'il se fixe un instant ! c'en est fait, l'homme est mort !
    Tel est le mal moral qui tourmente la France ;
D'un côté les besoins, de l'autre l'abondance.
Et qu'on ne dise pas qu'en peignant nos douleurs,
Je charge mon tableau de trop vives couleurs,
Qu'à vos yeux déroulant la publique misère,
Insciemment j'en parle, ou que je l'exagère.
C'est un fait qu'on ne peut repousser un instant,
Pas plus qu'on ne pourrait nier le mouvement.
L'infortune du peuple égale en sens inverse,
L'aisance du parti qui corrompt, bouleverse
Et menace l'état de ses coups de fureur...,
    Ce n'est plus un Bourbon, c'est un gladiateur
Qui lui faut sur le trône, et non un prince juste,
Posant une limite à sa puissance auguste.
C'est le pouvoir sorti du cerveau des Romains,
Qu'il voudrait mettre encore en ses débiles mains,
Attacher, réunir au pouvoir qu'il exerce :
La dictature, enfin, voilà ce qui le berce.
Voilà ce qu'il demande, et qu'il espère un jour
A votre indifférence arracher sans retour.
    Et c'est lorsqu'il s'agit de vos devoirs austères,
Lorsqu'il vous faut nommer des députés sincères.
Que ce lâche parti qui trafique de tout,
Qui veut vous enchaîner et rester seul debout,

Vous dicterait les choix à présenter au prince,
Comme si vous étiez *des bonneaux* de province,
Des *patauds* que le ciel injuste et dédaigneux,
N'eût point voulu pétrir d'un limon gracieux.

Pour vous représenter point de folliculaires,
Ni de ces hobereaux et de ces gens d'affaires,
Connus par leur bassesse et leur servilité,
Par leur soif de grandeurs et leur avidité....

Électeurs ! entre vous, les intrigans à gage
et la caste à blason, un grand combat s'engage.
C'est un combat à mort, un autre Waterloo,
Où la Charte et les lois vont trouver leur tombeau,
Si vous manquez d'ardeur et de patriotisme,
Si dans vos cœurs tremblans, il n'est plus de civisme,
Et si vous ne luttez avec cette vigueur
Qui distingue en tous temps le brave au champ d'honneur.

Il s'agit, en effet, d'être ou de ne pas être,
Si nous devons subir l'orgueil de plus d'un maître,
Si, comme Prométhée, au Caucace attachés,
Il nous faut sur nos corps voir les vautours perchés,
Et leurs becs dévorans plongés dans nos entrailles,
Du Mont Saint-Jean combler les tristes funérailles.

De notre abaissement les temps sont accomplis :
Et des lugubres champs où sont ensevelis
Les ossemens des preux tombés pour leur patrie,
Une terrible voix perce, s'élève et crie.

» Français ! laisserez-vous plus long-temps sans honneur,
» Nos compagnons soustraits à l'anglais en fureur ?
» Ils s'armèrent pour vous. Songez que l'esclavage
» S'avance et suit de près le manque de courage.
» Que c'est moins par des pleurs et des gémissemens,
» Que par des mains de fer qu'on échappe aux tyrans;

» Qu'on se dérobe aux coups de ces oiseaux de proie,

» Que l'étranger jaloux chaque jour vous envoie,

» Dans le but avoué de flétrir vos lauriers,

» Et de vous affubler de croix de Cordeliers.

    » Craignez-vous, en brisant leur joug, de cesser d'être !

» Eh bien ! mourir n'est rien, c'est achever de naître,

» C'est gravir au sommet de l'immortalité,

» Acquérir le repos avec la liberté.

    » De ce bien précieux que nos efforts insignes

» Vous acquirent jadis, n'êtes-vous donc plus dignes ?

» N'êtes-vous plus du sol d'où sortit autrefois

» Cet essaim de héros fameux par leurs exploits,

» Qui portèrent leurs noms aux deux bouts de la terre ?..

» Alors, pourquoi souffrir cette tourbe étrangère,

» Cette bande d'adroits et d'effrontés filous

» Qui viennent se poster et marchent devant vous ?

» Pourquoi donc plus long-temps permettre aux fanatiques.

» D'occuper le timon des affaires publiques,

» Et de faire mentir honteusement la loi

» Qui déclare commun aux Français chaque emploi,

» Et sa personne habile à tout honneur insigne,

» Dès lors qu'elle est capable, ou qu'elle en est plus digne ?

    » Vous souffrez qu'une ligue accorde impunément,

» A des Camarillas votre or et votre argent ,

» Tandis que vos guerriers meurent dans la misère,

» Réduits, à votre honte, au sort de Bélisaire.

    » O peuple généreux ! dont l'écho de Paris

» Jusques aux sombres bords a reporté les cris ;

» N'avez-vous donc plus rien de la mâle énergie

» Qui naguère vous fit repousser la furie

» Des étrangers armés qu'appelle encor la voix

» De ces mêmes faquins vaincus en tant de fois ,

» Et qui, toujours épris de leurs vieilles chimères,
» Veulent redevenir les seigneurs de vos terres ?
» Souffrirez-vous, sans fin, que ceux dont les mépris
» Sont sur leurs fronts pour vous distinctement écrits,
» Ces sectaires d'Omar, ces verdets sibarites,
» Ces caffards au col tord, autres Amalécites,
» Dont les yeux furibonds épouvantent le ciel,
» Viennent vous imposer et gruger votre miel ?

   » Eh bien ! choisissez-les, et pour combler vos peines,
» Allez, en leur faveur, vous surcharger de chaînes !
» Allez tendre vos mains à ces anneaux d'acier
« Que vous tient préparés le claustral atelier,
» Livrez-leur tous vos droits, et faites-vous ilotes
» De ces anti-français devenus vos pilotes,
» Et si ce n'est assez, prosternés, à genoux,
» Abandonnez vos fronts au plus honteux des jougs,
» Vous aurez mérité des marguilliers de Rome
» Et des adulateurs du singe du *grand-homme*.

   » Mais vos cœurs sont déjà saisis d'émotion
» Au cri de mort parti de l'émigration ;
» Vous frémissez de voir vos subtils adversaires
» Vous demander l'honneur d'être vos mandataires ;
» Vous les rejetterez : c'est assez une fois
» D'avoir subi le joug des mendians des rois. »

Du 27 juillet.

Je te rends grâce, ô ciel ! la lutte enfin commence,
De tous côtés en masse un grand peuple s'avance,
A son sublime aspect le sol a tressailli.

29 juillet.

Au fond de son palais Charles Dix a pâli.

Envain il se flattait que sous les coups d'un traître,
Paris, la nation, tout allait disparaître,
Il s'est trompé. Paris, appuyé sur ses droits,
S'est montré plus puissant que la foudre des rois,
Que les tubes d'airain de l'infâme Raguse,
L'argument de l'épée et les feux d'arquebuse ;
Et trois jours de combat aux tyrans ont prouvé
Qu'un peuple ne peut être impunément bravé.

Gloire, immortelle gloire, à la cité Lutèce !
Que son nom soit loué dans nos chants d'allégresse,
Et qu'en honneur des preux, vengeurs de Waterloo,
La France enfin consacre un Panthéon nouveau.

Par A..... (DE SAINTE-BARBE),
ancien Capitaine.

www.ingramcontent.com/pod-product-compliance
Lightning Source LLC
Chambersburg PA
CBHW061512170626
46811CB00004B/1709